童話大語文
句子篇（下） 句式的應用

陳夢敏 著
冉少丹 繪

新雅文化事業有限公司
www.sunya.com.hk

目錄

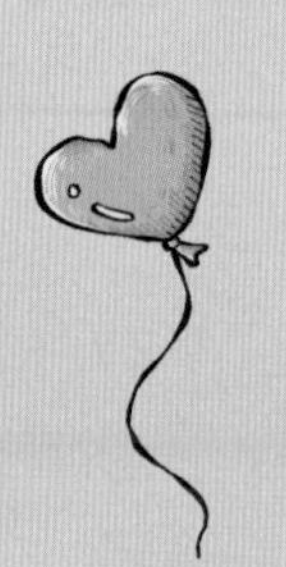
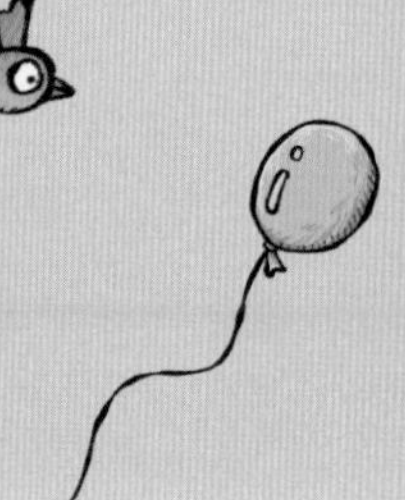

神奇的膠帶姐姐

（知識點：病句）

熊小西抱着錢罌走進小妖怪的文具店，出門的時候，手裏拿着一卷漂亮的膠帶。這可不是普通的膠帶，這

卷膠帶可神奇了。

熊小西回到家，拿出作業本，按照小妖怪教給他的方法，對着漂亮的膠帶喊：「膠帶姐姐，膠帶姐姐，請你幫幫我，為我檢查作業！」

膠帶變成了一個小姑娘，只見她輕輕往空中一躍，揮一揮衣袖，撒下一片片花瓣。花瓣慢慢悠悠地落在了熊小西的作業本上。

熊小西一看，膠帶姐姐真是太了不起了，這麼一會兒工夫，就把作業本上的錯誤都挑出來了。

熊小西把「**能幹**」寫成了「**熊幹**」。

他心想：唉！可能因為熊字是我的姓，寫過太多遍了，寫順手了。

熊小西把「**陷阱**」寫成了「**陷井**」。唉！熊小西太粗心了。

「隨手亂丟垃圾的**人**是一種不文明的**習慣**。」這句話也有問題啊？

熊小西想了想，人怎麼可能是習慣呢？熊小西趕緊更正了自己的錯誤。

還有這句：「我喜歡踢足球、打乒乓球、游泳、**看電影**等體育運動。」

膠帶姐姐的花瓣落在「看電影」上，熊小西明白了，自己糊里糊塗地把看電影也歸到體育運動裏了！

第二天，熊小西把作業本交給老師時，老師很吃驚，還表揚了熊小西：「熊小西同學的作業竟然沒有一處錯誤！請繼續保持啊！」

膠帶姐姐真是太棒了　！

從此以後，熊小西每次做完作業，都會喊：「膠帶姐姐，膠帶姐姐，請你幫幫我！」

一聽　到熊小西的召喚，膠帶姐姐就會把熊小西的作業檢查　好。

「同學們**排着整齊**的隊伍**擠進**了展覽館。」哎呀，這是犯了前後矛盾的錯誤呀！

「下課的時候，丁一一**首先第一個**衝了出去。」哎呀，這是犯了重複的毛病！

「氣象小組的同學每天早上都**記錄**並**收聽**當天的天氣預報。」哎呀，這是犯了順序顛倒的毛病！

自從有了膠帶姐姐，熊小西再也不自己檢查作業了，他想：反正膠帶姐姐會幫我的。

但是，這一天，交了作業的熊小西又被老師批評了，老師說熊小西實在是太馬虎了！

熊小西拿過作業本一看，原來他寫了這麼一句令人難以理解的話：「要參加街舞大賽。」

原來呀，膠帶姐姐並不能挑出所有錯誤，對於成分殘缺的句子，就算是神奇的膠帶姐姐也沒辦法挑出來呀！最終，熊小西還是決定自己認真地檢查作業。

治療生病的句子

粗心的熊小西總是寫錯作業，製造病句，他太馬虎了。

那你知道什麼是病句嗎？在語法、修辭或邏輯上有毛病的句子就是病句。

在寫作中，病句一般分為成分殘缺、用詞不當、詞語搭配不當、前後矛盾等幾種。修改病句，就是要針對病因，用刪、補、調、換等方法，把病句改成正確的句子。

修改病句要遵循這樣的原則：

病症要「清」。一個句子究竟有什麼毛病，毛病出在什麼地方，自己要清楚。

病因要「準」。找到病症後還要找準病因。

改動要「小」。修改病句時切記盡量小改小動，不要做「大手術」。

原意要「保」。無論採用哪一種方法，改後的句子意思要符合原意。

修改完後， 一定要記得認真檢查，避免出現新的問題！

掌握了修改病句的方法後，我們在造句或寫文章時就可以減少出錯，寫出更多正確的句子。

句子小醫生

你可以把病句理解為「句子生病了」，那如何給生了病的句子治病呢？請你給熊小西寫錯的句子診治一下，把正確的句子寫在下面吧！

隨手亂丟垃圾的人是一種不文明的習慣。

____

我喜歡踢足球、打乒乓球、游泳、看電影等體育運動

____

同學們排着整齊的隊伍擠進了展覽館。

____

下課的時候，丁一一首先第一個衝了出去。

____

氣象小組的同學每天早上都記錄並收聽當天的天氣預報。

____

要參加街舞大賽。

____

番茄國王和青瓜國王

（知識點：語病——成分殘缺）

番茄國的東邊是青瓜國，青瓜國的西邊是番茄國。兩個國家一直相安無事，就這樣，幾十年過去了。

最近，番茄國的新國王 登基了。青瓜國王不知道番茄國的新國王是不是一位熱愛和平的好國王，想找個時間試探一下番茄國王。

這一天，青瓜國王給番茄國王寫了張字條，字條上有幾行字：

國界線上出現了一大堆牛糞，用鏟子全鏟走，帶回去當肥料。另外，蟲子！炮彈！

青瓜國王的意思是：在兩國的國界線上，出現了一大堆牛糞，番茄國王可以派人用鏟子鏟回去當肥料。另外，聽說扁豆國正遭受蟲子災害，蟲災可能會蔓延到番茄國，番茄國王得派人準備好炮彈，隨時防範蟲災。

從前，番茄國的老國王和青瓜國王很有默契，看了字條，他就能明

白青瓜國王想要表達的意思。可偏偏番茄國的新國王和青瓜國王並沒有這種默契，他收到字條，看了看，立刻勃然大怒！

「青瓜國王仗着自己臉綠，竟然敢向我們發起挑戰！說什麼國界線上出現了牛糞，他要派人用鏟子全部鏟回去當肥料！誰要敢阻攔，他就召喚蟲子炮彈！呵，誰怕誰呀？我一定要和他決鬥！」

於是，番茄國王寫了一封決鬥書：

「下午四點半，帶上你的長劍，在那棵千年古樹下，我要和你決鬥！」

信鴿送信的途中下了雨，雨點打濕了決鬥書，有的字變得模糊不清，決鬥書就變成了這個樣子：

「下午四點，帶上你的，在那棵千年古樹下，我要和你！」

青瓜國王看完之後，頓時眉開眼笑。

「這個新國王呀，真是個友善的傢伙，他讓我下午四點，帶上我的菜餚，去千年古樹下，他要和我盡興而歸！」

於是，青瓜國王吩咐大家準備許多佳餚，前往兩國交界的那棵古樹下。他還命令手下，寫了個橫幅：「番茄國和青瓜國友誼常存！」

四點了，青瓜國王已經安排好了一切，坐在樹下等候。

番茄國王帶着長劍、騎着戰馬到達的時候，一下子就看到樹下笑容滿面的青瓜國王。

「番茄國王，你來得有些晚了，路上遇到了什麼麻煩嗎？趕緊下馬，我們好好地吃一頓。我們兩個國家，要一直和平地共處下去啊！」

青瓜國王真是個寬厚又友善的老者

呀！二人說清了彼此的來意，原來是番茄國王誤會了青瓜國王。

番茄國王不禁紅了臉，給青瓜國王深深地鞠了一躬：「祝我們的國家永遠和平，永遠繁榮昌盛！」

丟詞少字成病句

經常有小馬虎寫作文的時候，丟詞少字，這樣一來，文字表達出來的意思和想要表達的意思可就千差萬別了。丟詞少字其實也是一種語病，它的病因是成分殘缺。

不論是在生活中還是在語文寫作中，我們多數時候都要用完整的句子來表達意思。完整的句子要符合兩個要求：一是**表達的意思要完整**，二是**結構要完整**。結構完整的句子一般有兩個部分，**前一個部分主要講「誰」或「什麼」，後一部分主要講「是什麼」、「幹什麼」或「怎麼樣」**，例如：媽媽是醫生。如果缺少其中的任何一部分，那麼它就是成分殘缺的句子。

「國界線上出現了一大堆牛糞，用鏟子全鏟走，帶回去當肥料。另外，蟲子！炮彈！」這句話中，缺少了「用鏟子鏟走牛糞」的主語，下一句的「蟲子」和「炮彈」的事情也沒有說清楚，難怪番茄國王會誤會青瓜國王的意思。我們在修改的時候，要按照「一讀、二找、三改、四確定」的步驟，認真讀句子，找準病因和缺少的部分，然後用增補法補上缺失的成分，最後通讀，確定句子是否改對了。

補充信箋

番茄國王回到王國後，再次寫信，邀請青瓜國王在七天後再來千年古樹下下棋聊天。但信紙被小蟲咬了很多小洞，很多字又不見了。請你根據「知識加油站」裏提到的方法，把信箋補充完整吧。

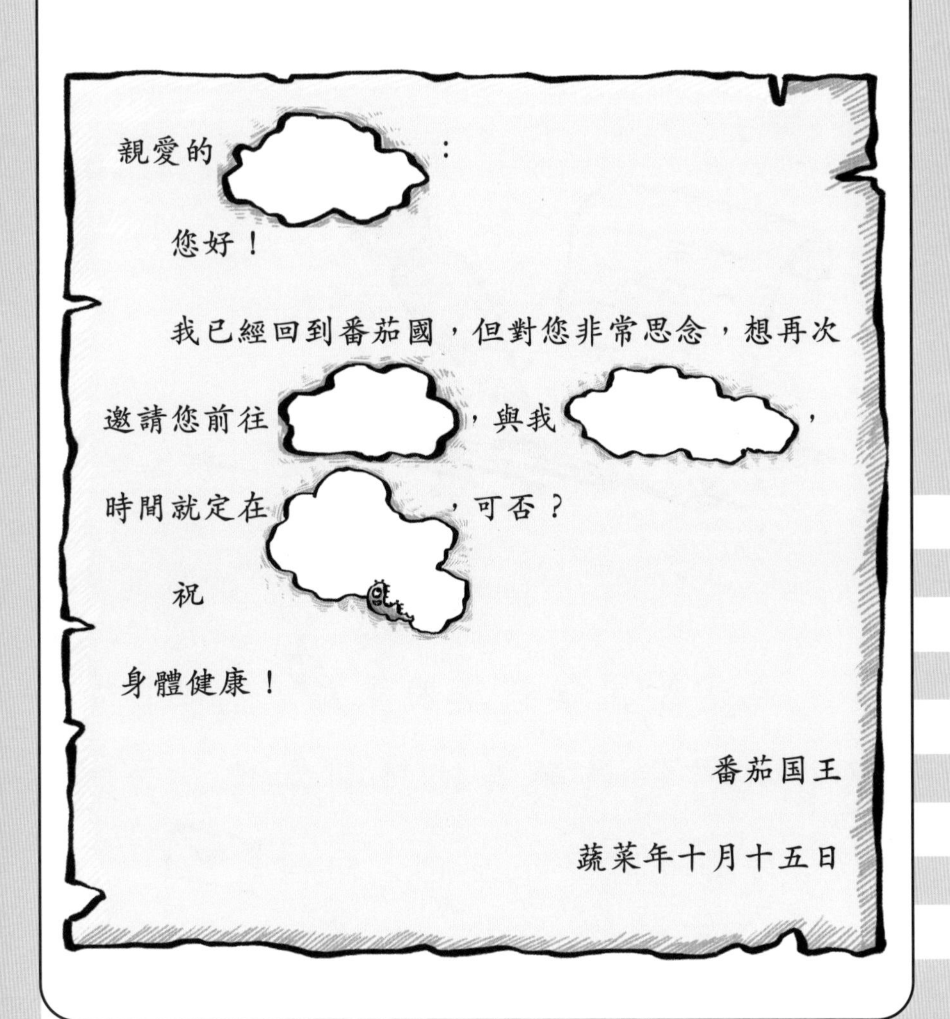

親愛的　　　　：

　　您好！

　　我已經回到番茄國，但對您非常思念，想再次邀請您前往　　　　，與我　　　　，時間就定在　　　　，可否？

　　祝

身體健康！

番茄国王

蔬菜年十月十五日

寫好長好長的信

（知識點：語病——重複囉唆）

兔子羅里住在蘿蔔鎮，他常常給住在苜蓿鎮的表妹羅莉寫信，當然啦，羅莉也總是很及時地回信。

這一天，羅里又坐在桌子前，攤開信紙，準備寫信。他要告訴羅莉一個好消息。

親愛的羅莉：

你好！

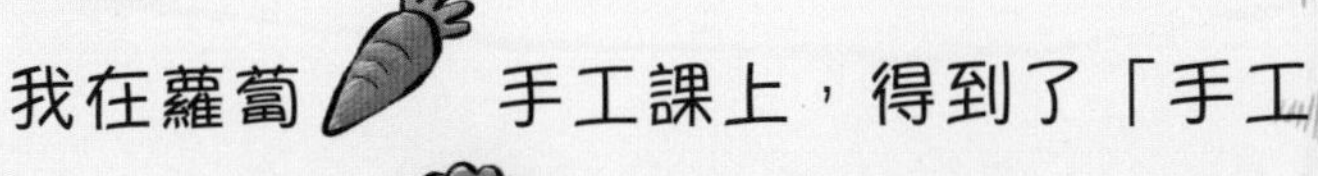
我在蘿蔔手工課上，得到了「手工小達人」的稱號。是不是很棒？以後，別再叫我表哥羅里，請叫我手工小達人羅里。

祝

天天開心！

手工小達人羅里

兔子年紅蘿蔔月綠芽日

住在苜蓿鎮的羅莉收到了信，覺得自己也有好多好多事情要和表哥說。羅莉也是一隻優秀的小兔子，她的榮譽可不比羅里少。

於是，羅莉給羅里回了一封信。

親愛的手工小達人羅里：

你好！

我也有很多好消息要告訴你：我在數學課上得了100分；我在兔子舞比賽中拿到了季軍；今天在語文課上，我是第一個會背詩的兔子。

以後，別叫我表妹羅莉，請叫我數學滿分

小公主、兔子舞季軍、背詩冠軍羅莉。

祝

天天快樂！

數學滿分小公主、

兔子舞季軍、

背詩冠軍羅莉

兔子　年紅蘿蔔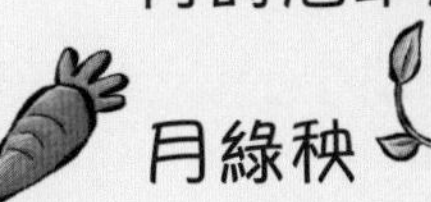月綠秧　日

太可笑了吧！兔子羅里讀到羅莉的信，舌頭都差點打了結。

憑什麼她的稱號比我多？羅里氣呼呼地拿起筆，絞盡腦汁要再給

表妹回一封信。

羅里怎麼能讓自己輸給表妹呢？他寫得可認真了。這個星期日，羅里除了寫信，什麼也沒幹。羅里的信是這麼寫的：

數學滿分小公主、兔子舞季軍、

背詩冠軍羅莉：

你好！

我的好消息有一籃子那麼多，等我慢慢告訴你。

我畫的畫被老師貼到了牆上，她誇我是個繪畫小天才；我在兔子蹦蹦跳比

賽中，一分鐘跳了二百一十八次，校長先生親自把冠軍獎牌掛在我的脖子上，還給了我一個大大的擁抱；我吃飯也很棒，一頓能喝三碗紅蘿蔔粥。

以後請叫我繪畫小天才、兔子蹦蹦跳冠軍、一頓三碗飯羅里！

祝

天天高興！

繪畫小天才、

兔子蹦蹦跳冠軍、

一頓三碗飯羅里

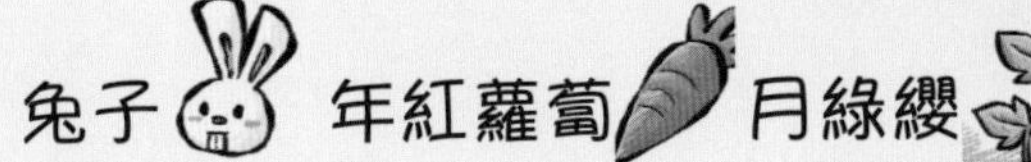
兔子年紅蘿蔔月綠纓日

可笑！太可笑了！兔子羅莉收到信，決定要回一封更長的信，好把羅里給比下去。

於是，他倆在信中的稱呼越變越長，長得都快寫上半頁紙了。

到了暑假，媽媽帶着羅莉去了羅里家，這下不用再寫信了，可以一起玩啦！

兩隻兔子玩起了捉迷藏，可是，這會兒呢——

「數學滿分小公主、兔子舞季軍、背詩冠軍、手工達人、毛髮順滑、穿衣服第一名……羅莉，你藏哪兒了啊？你的名字太難唸了，我這麼說話太累了，舌頭都要僵硬了！」羅里大口地喘着粗氣，發誓再也不比着用長長的稱號起名字了。

戒除重複囉唆的語病

故事中的羅里和羅莉實在是太可愛了，為了把自己擅長的事情告訴別人，就在自己的名字前面加上一堆稱號，結果寫着十分辛苦，唸着更是好累好累。其實有些時候，重複囉唆也是語病。

重複囉唆是指**句子中重複使用意思相同的詞語**，顯得多餘累贅，如「我們正在觀看優美優雅的舞蹈」這個句子中，「優美」和「優雅」是意思相近的兩個詞語，在一個句子中重複使用，就顯得囉唆了，應該把句子改為：「我們正在觀看優美的舞蹈。」

給句子看病

以下這兩句句子都有語病，請小醫生試着幫助這些病句診治一下吧！

①王秋華目不轉睛地凝視着一朵剛開的牡丹。

重複的詞是：

句子改為：

②小明聚精會神專心致志地聽老師講課。

重複的詞是：

句子改為：

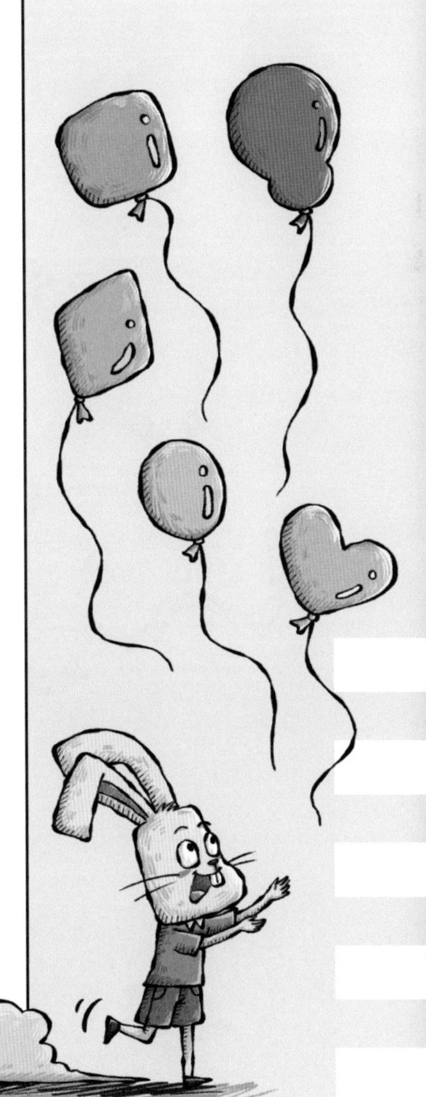

米莉阿姨扭了腳

（知識點：擴句）

今天，米莉阿姨穿了一雙漂亮的紅色高跟鞋。不過，細細的鞋跟在她下台階的時候，和她開了個「玩笑」。

「哎喲！」米莉阿姨扭了腳，忍不住叫出聲來。

幸好，米莉阿姨的腳沒有受傷，她停下來揉揉腳踝，繼續往前走。

不過，這一幕被小豬魯魯看到了。

大家都很喜歡米莉阿姨，她的一舉一動，大家都很關心。

小豬魯魯對小狗旺旺說：「**米莉阿姨扭了腳。**」

小狗旺旺知道小豬魯魯說話一向簡潔，連忙向他打聽米莉阿姨扭腳的細節。

於是，小豬魯魯就把米莉阿姨扭腳

的過程描述了一遍。

小狗旺旺見到小貓妙妙時，也趕緊把米莉阿姨扭腳的事情告訴了她：

「**我們親愛的米莉阿姨扭了腳。**」

小貓妙妙非常擔心米莉阿姨的安危。她連忙問，米莉阿姨要不要緊，她怎麼扭的腳。

小狗旺旺告訴小貓妙妙，米莉阿姨是在下台階的時候扭了腳。

這可是一件大事啊！小貓妙妙見到小兔蹦蹦時，也趕緊把米莉阿姨的事情告訴了他：「**我們親愛的米莉**

阿姨在下台階時扭了腳。」

小兔蹦蹦趕緊問：「米莉阿姨下台階時怎麼就扭了腳了呢？」

「不小心吧。」小貓妙妙把小狗旺旺告訴她的消息原原本本地又說了一遍。

小兔蹦蹦又遇到了小雞花花，他也趕緊把聽來的消息告訴了她：「**我們親愛的米莉阿姨在下台階時不小心扭了腳。」**

米莉阿姨不小心扭了腳？這可是件大事啊！

小雞花花沒問清是怎麼一回事，就慌慌張張地跑掉了。

她要把米莉阿姨扭腳的事情告訴小鴨嘎嘎。

「我們親愛的米莉阿姨在下台階時不小心摔倒了，她扭了腳，這會兒正在醫院裏呢！」

小鴨嘎嘎一聽，慌了，趕緊跑回家，讓媽媽帶他去醫院看望米莉阿姨。

「米莉阿姨，我聽孩子説你摔倒了，你在醫院裏嗎？」鴨媽媽連忙給米莉阿姨打了個電話。

「我只是扭了腳，沒有受傷，也沒有去醫院。」米莉阿姨在電話裏向鴨媽媽和小鴨子表達了感謝。

「這到底是怎麼一回事？」鴨媽媽把孩子們召集在一起，問清了情況。

鴨媽媽說：「小豬魯魯、小狗旺旺、小貓妙妙、小兔蹦蹦傳遞的信息都沒錯，就是小雞花花，你自我想像了一些內容，害得我們都擔心極了！」

小雞花花紅了臉：「我知道了，以後我不會再憑空瞎想，亂傳消息了。」

自問自答擴充句子

在你向別人描述自己的所見所聞時，只說基本的完整句是不足以把事情描述清楚的，例如故事中的小豬看到米莉阿姨扭了腳，他就對小狗旺旺說：「米莉阿姨扭了腳。」這就夠了嗎？當大家不斷傳遞資訊時，再描述就變成了：「我們親愛的米莉阿姨在下台階時不小心扭了腳。」這句話不僅充分表達了感情，還說清了事情發生的地點和原因。

如果你想讓自己的語言更加豐富多彩，就來學習擴句吧！擴句**是給句子的基本成分增添附加成分**，使原句表達的意思更具體、更生動形象。

可以像故事中那樣，根據幾個問題來擴句，例如：太陽放光芒。根據「什麼樣的太陽？透過什麼放光芒？放出怎樣的光芒？」等問題來擴句。首先回答問題，其次把問題的答案放到原句中，調整順序，去掉多餘的字詞，最後擴句為：火紅的太陽透過輕紗似的白雲放出耀眼的光芒。

顯而易見，要想使寫出來的文章受人喜歡，首先要學會把句子寫具體、寫生動、寫形象，這是寫作文的基本功。所以，大家一定要學會擴句呀！

齊來寫一寫

小豬魯魯發現小貓在玩球，他想把這一幕告訴好朋友小狗旺旺。請你寫下一段文字，幫他把小貓玩球的畫面表達出來吧。記得要表達得清楚、具體和生動呀！

進入簡單國

（知識點：縮句）

句子旅行團到處旅行，最近他們來到了一個名叫「簡單國」的國家。

「走，進去轉轉！」不知道是誰提了一句，其實大家也都想進去看看。

到了門口，簡單國的守衛攔住了句子們的路。

「你們不能進去！」簡單國的守衛説，「我們國家的城門太小了，除非你們甩掉身上多餘的字詞，把自己變成最簡練的狀態，才能進入簡單國。」

這好像一點也不難。

一個叫「我喜歡多姿多彩的春天」的句子想了想，摘掉了身上的「多姿多彩的」，變成了「**我喜歡春天**」。

「請進。」簡單國的守衛向他鞠了一躬。

這好像確實不難。

一個叫「頭上插着花、臉蛋紅撲撲的姑娘向我走來」的句子想了想，摘掉了「頭上插着花」，變成了「臉蛋紅撲撲的姑娘向我走來」。

「您還是太胖了。」守衛可一點也不含糊。

這個句子只好又摘掉了一部分，現在，他變成了「**姑娘向我走來**」。

「您可以進去了。」

一個叫「像雪團一樣的小兔子輕巧地蹦了起來」的句子想了想，把「像雪團一樣的」、「輕巧地」摘掉了。現在，她變成了「**小兔子蹦了起來**」。

守衛點點頭，也放她進入了簡單國。

一個叫「他心裏暖得像藏了一顆小太陽」的句子一狠心，扯掉了身上很多字詞，把自己變成了「**他心裏暖**」。

「正確！」簡單國的守衛讚許地伸出了大拇指，也放他進入了簡單國。

這時候，一個叫「祖母做的蜂蜜餅真好吃」的句子着了急。他看到大家都進入簡單國了，自己眼巴巴地看着進去了的人，身體不由得往前擠。於是，他摘掉了身上的一串字詞，變成了「祖母好吃」。

「不對！」簡單國的守衛説，「你

搞錯了，現在的你和原來的你意思不同了。」

這個句子抓抓腦袋，仔細想了想：「我知道了！」

他撿起了一些詞，又摘掉了一些詞，把自己變成「**蜂蜜餅好吃**」，順利地進入了簡單國。

這時，還有一個叫「我不喜歡黏乎乎、酸溜溜的乳酪」的句子還沒進入簡單國。

他一邊往簡單國裏擠，一邊把自己身上的字詞往下摘。

他太粗心了，慌張地摘着字詞，把自己變成了「我喜歡乳酪」。

「對不起，你也把自己的原意搞錯了。」簡單國的守衛還真是火眼金睛啊！

是啊，這個句子也覺得自己不是瘦

身了，而是變成了另一個句子。

於是，他又重新把自己變成了「**我不喜歡乳酪**」。

所有的句子都把自己簡化了，成功進入了簡單國。現在啊，他們個個都覺得自己很精神，連走起路來也輕快了很多呢。

為句子修剪枝節

走進簡單國的句子們就像被修枝剪葉的大樹，這樣做可以使主幹更突出，獲得的營養更充分，大樹才能更茁壯地成長。

「縮句」類似於為大樹修剪枝葉、保留樹幹。

縮句要縮得恰到好處，使句意簡明突出，讓人一讀就知道句子所表達的意思。

因此，我們要學會縮句，了解縮句的基本原則和在縮句時應該注意些什麼。

縮句基本原則是縮句後要**只保留句子的基本成分**，而且**不能改變句子的原意**。句子有基本成分，也有附屬成分。句子的基本成分是指句子中表示「誰，幹什麼」、「誰，是什麼」、「什麼，怎麼樣」的部分。句子的附屬成分是指說明、修飾基本成分的部分。

縮句要去掉句子中附屬成分，只保留基本成分，使句子達到最簡練的狀態。

我是小守衛

在縮句時，我們很容易犯一些錯誤。現在請你也試試當簡單國的守衛，檢查下面的縮句，在可以放行的句子後畫「✓」。

1. 鴿子辨認方向的能力十分驚人。
   （1）鴿子驚人。（　　）
   （2）鴿子的能力驚人。（　　）
   （3）鴿子辨認方向。（　　）

2. 一隻美麗的風箏掛在高高的樹枝上。
   （1）風箏掛在樹枝上。（　　）
   （2）風箏掛。（　　）
   （3）風箏美麗。（　　）

3. 小姑娘的臉紅得像熟透了的蘋果。
   （1）小姑娘的臉紅。（　　）
   （2）臉紅。（　　）
   （3）臉紅得像熟透了的蘋果。（　　）

4. 我們學校操場的東邊有一棵樹葉茂盛的老榆樹。
   （1）操場上有老榆樹。（　　）
   （2）東邊有樹。（　　）
   （3）操場東邊有榆樹。（　　）

大個子熊熊和小個子童童

（知識點：繞口令）

大個子熊熊個子大，力氣也很大。大個子熊熊有點不講理，喜歡動不動搶東西、揮拳頭。

小個子童童個子小，力氣也很小。

小個子童童膽子有點小，喜歡動不動掉眼淚、哇哇哭。

要是你聽到小個子童童哇哇哭了，那多半是因為大個子熊熊欺負他了。小個子童童能哭上小半天呢，真讓人傷腦筋。

小個子童童前不久去了祖母家，一回來，好像變了個人，被大個子熊熊欺負時竟然不哭了。

大個子熊熊看見小個子童童拿了一把玩具槍，二話不説，揮揮拳頭就要搶！

「等一等！」小個子童童大叫道，「想玩我的玩具槍，得先答上我的暗號，如果你説對了，我就把我所有的玩具槍都給你玩。」

大個子熊熊一聽來了勁，還有暗號呢，這多刺激啊！

「好，快告訴我暗號是什麼吧。」大個子熊熊點了點頭。

小個子童童壓低嗓門說：「我要是問你『晚上九點吃什麼？』，你就回答『**紅鯉魚、綠鯉魚與驢**』。」

「沒問題！」大個子熊熊痛痛快快地答應了！

「晚上九點吃什麼？」

「紅鯉鯉、綠鯉鯉與鯉！」

「不對，你沒對上我的暗號。」

大個子熊熊傻眼了，不過，他不服氣地說：「我們再來一次。」

「好啊。」小個子童童笑嘻嘻地問，「晚上九點吃什麼？」

「紅魚魚、綠魚魚與魚！」

「紅鯉魚、綠魚魚與魚！」

「 紅驢驢、綠驢驢驢驢！」

「請你明天再來跟我對暗號吧！」見大個子熊熊急得越說越不清楚，小個子童童強忍着笑，一本正經地對他說，「我們交接失敗了，希望明天，我們能夠成功交接。」

大個子熊熊像着了魔似的，和小個子童童道了別，還一個勁兒地練習着他們的暗號——紅鯉魚、綠鯉魚與驢。

他練了好幾天，終於能把這句話說清楚了。於是，他興沖沖地去找小個子童童，要找童童對暗號拿槍。

「童童，童童！我會説了，你聽我説——紅鯉魚、綠鯉魚與驢！」

「啊呀，我的朋友啊！」小個子童童不慌不忙地説，「暗號怕被泄露，我要經常更換啊，今天正好又換了新的暗號。」

「那暗號是什麼呢？」

「我問『牆上有什麼？』，你答『**紅鳳凰、黃鳳凰、粉紅鳳凰花鳳凰**』。」

噢！大個子熊熊只好又去練習新的暗號了。

後來，大家很少聽到小個子童童哇哇哭了。再後來，大家常常聽到大個子熊熊和小個子童童的笑聲。他倆在一起再也不打架了，口才也練得越來越好了！

雙聲疊韻訓練口才

看到故事裏的繞口令，你們一定覺得很熟悉，因為平時我們也會玩一些和繞口令有關的遊戲。作為民間傳統的語言遊戲，繞口令又稱急口令、吃口令、拗口令等。漢字中有一些**聲母、韻母或聲調極易混同的字，雙聲、疊韻詞**，將它們**組成反覆、重疊、繞口、拗口的句子**，並用一口氣急速唸出，這就產生了節奏感強，妙趣橫生的效果。

相傳在黃帝時期就有了像繞口令一樣的歌謠，古籍中保存下來的《彈歌》「斷竹，續竹，飛土，逐宍*」，已經有了繞口令的基本成分——雙聲疊韻詞。

繞口令是語言訓練的好幫手，小朋友們可以從簡單的繞口令學起，反覆練習，不僅可以避免口吃，還可以使頭腦反應靈活、用氣自如、吐字清晰、口齒伶俐。我們可以把繞口令作為休閒逗趣的語言遊戲，和父母、朋友一起玩呢！

*宍，ròu，粵音肉。「肉」在古代寫作「宍」。

1. 讀繞口令

請你試着讀一讀以下這則繞口令吧！

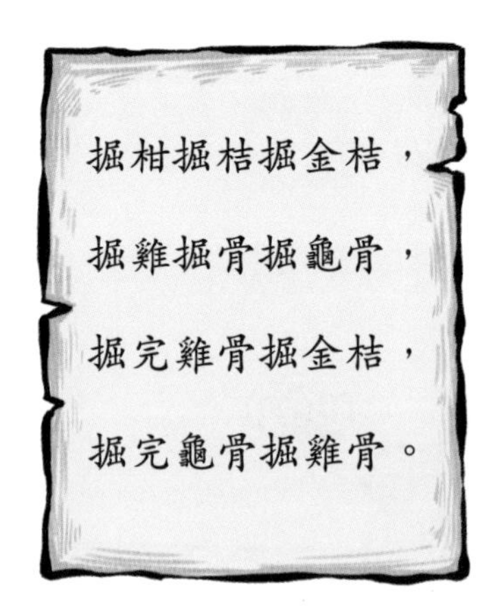
掘柑掘桔掘金桔，
掘雞掘骨掘龜骨，
掘完雞骨掘金桔，
掘完龜骨掘雞骨。

2. 繞口令小遊戲

找幾個朋友一起玩這個好玩的小遊戲吧，看看誰能堅持到最後！

遊戲規則：

所有參加遊戲的人站成一排，從第一個人開始，唸「走一走，扭一扭，見到一棵柳樹摟一摟」，第二個人唸「走兩走，扭兩扭，見到兩棵柳樹摟兩摟」，第三個人唸「走三走，扭三扭，見到三棵柳樹摟三摟」，如此類推。前一個人説完，後一個人要以最快的速度跟着説，並且不允許停頓、唸錯。誰停頓時間過長或唸錯，即為淘汰。

不開心的皮皮狗

（知識點：歇後語）

皮皮狗坐在長椅上，低着頭，一副沒精打彩的樣子。

「皮皮狗，你怎麼啦？」妙妙貓關心地問道。

「唉，**紙糊的琵琶——談（彈）不得！**」

「跟我還有什麼談不得的，難道你不把我當朋友嗎？」

妙妙貓皺了皺眉頭，皮皮狗怕她生氣，趕緊說：「**鹹菜缸裏的砣——一言（鹽）難盡！**」

接着，皮皮狗說：「我今天看跳跳猴彈彈珠，自己也手癢癢。於是，我把家裏的跳棋珠子全拿了出來，要跟跳跳猴比着玩。」

「妙妙貓，我完全沒想到，

跳跳猴是**飛機上掛暖瓶——高水平（瓶）**！我跟他彈了一局，輸了，又彈了一局，還是輸了。唉，我是**孔夫子搬家——盡是輸（書）**！最後，我把珠子全輸光了。」

「這樣啊，那是挺讓人心煩的，可你要是喜歡玩彈珠，自己在家多練練，還是有贏的機會的。」

「還不止呢。」皮皮狗沮喪地說。

「後來我又遇到了笨笨熊，笨笨熊招手要我和他比賽翻筋斗，我想也沒想就答應他了。」皮皮狗對妙妙貓比畫着說，「可誰知道，這個笨笨熊是**鴨棚老漢睡懶覺——不簡單（撿蛋）**！好傢伙，他竟然一口氣連翻了八個筋斗，翻起來像一個滾動的球！」

「你呢？」

「我就翻了兩個筋斗，還把額頭撞出了一個大包 。」皮皮狗指了指自己的頭說。

「其實這也沒什麼，笨笨熊一定練了很久。要是你也常常練習，說不定能一次翻十個筋斗呢。」妙妙貓安慰他說。

「更讓人心煩的事情還在後頭呢！」皮皮狗的情緒一點也沒有好轉，「我今天真是**一腳栽到煤堆裏一霉（煤）到頂了**！」

「還有什麼事？」

「我碰到呼呼豬拿着一盒新圍棋，就主動跑過去，想要跟他比賽下棋。我以為呼呼豬是圍棋新手呢，誰知道，這一次，我又是**豬八戒照相——自找難堪（看）**。呼呼豬下棋可厲害了，不管我的黑子往哪裏下，他的白子總是緊咬着我的黑子不放。下着下着，眼看着我的棋子就要被他吃掉一大片了，我就像**香爐裏長草——慌（荒）了神**！結果一不小心，我把棋盤碰翻了，呼呼豬就説我是故意耍賴

皮，我是有嘴也說不清！」

皮皮狗接着說：「我現在覺得自己一點優點也沒有，簡直就是**華佗搖頭——沒救了**！」

妙妙貓卻噗地笑了出來：「其實呀，皮皮狗，你說話就很有趣啊，我已經憋了很久了。我覺得，你說相聲*說不定能行！」

「好像是呀！」皮皮狗這麼應着，心裏突然就亮堂起來了。

*相聲：中國的一種表演藝術，有時會模仿不同人物的聲音和行為，以喜劇方式呈現出來。

歇出後半段的話語

皮皮狗的俏皮話真厲害，逗得妙妙貓笑起來。其實皮皮狗的俏皮話叫作歇後語，是一種短小、風趣、形象的語句，是人們在生活實踐中所創造的一種特殊的語言形式。歇後語由前後兩部分組成：**前一部分起「引子」的作用，像謎面，後一部分起「後襯」的作用，像謎底**。在一定的語言環境中，通常說出前半截，「歇」去後半截，就可以領會和猜想出它的本意，所以稱它為歇後語。歇後語可以看作是一種漢語的文字遊戲。

歇後語在結構上是「比喻──說明」式的俏皮話。歇後語可以分成兩種類型：一種是**邏輯推理式**的，說明部分是從前面比喻部分推理的結果，例如：「水仙不開花──裝蒜」，「啞巴吃黃連──有苦說不出」。還有一種是**諧音**的歇後語，它在前面一種類型的基礎上加入了諧音的要素。

歇後語大闖關

你聽過下面這些歇後語嗎？請試着補充後半部分，成功闖關吧！

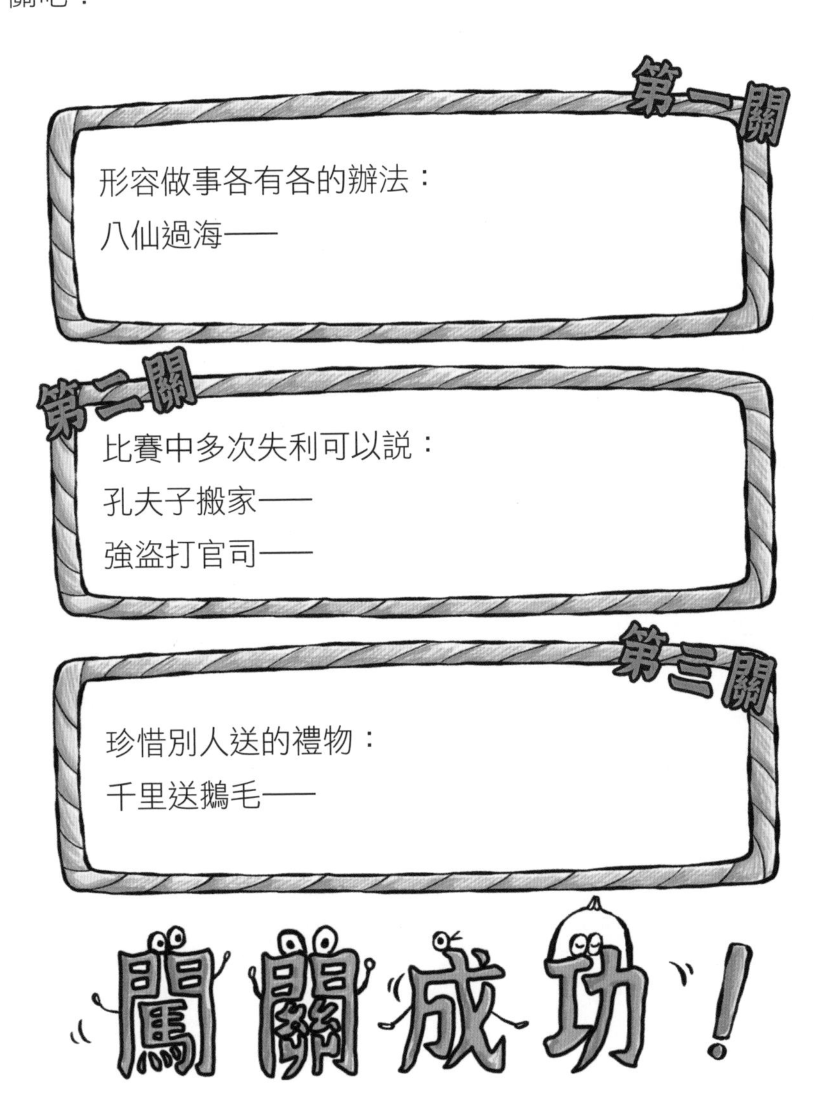

誰是最聰明的小老鼠

（知識點：謎語）

小花鼠和小白鼠是老鼠城之中最聰明的一對小老鼠，只是大家也說不準是小花鼠更聰明一些，還是小白鼠更機靈一些。如果小花鼠能一口氣剁十八

顆瓜子，小白鼠就能一口氣嗑十八顆松子；如果小白鼠能在一分鐘內吹滅三十根蠟燭，小花鼠就能在六十秒內吹滅這些蠟燭……

總之，兩隻小老鼠誰也不服誰，都認為自己才是最聰明的那一隻。

元宵節這一天，老鼠城裏要舉辦猜燈謎大賽。

猜燈謎，是元宵節的傳統活動。

老鼠婆婆每到元宵節，都會親手做一碗熱騰騰的元宵作為猜燈謎冠軍的獎品。大家都知道，老鼠婆婆做的元宵最好吃了。

小花鼠和小白鼠都來了，他倆想在

這場比賽中一決勝負。

一輪明亮的圓月照亮了老鼠城，無數七彩的燈籠懸掛起來，燈籠下方，吊着一張張寫着謎語的小紙條。

猜燈謎大賽開始了！

借着一盞兔子燈的光，小花鼠看到了一則燈謎：**小小娃娃，紮根獨辮，火星一點，喊聲震天。**

「鞭炮！」小花鼠喊得比鞭炮聲還要響。

借着一盞蓮花燈的光，小白鼠看到了一則燈謎：**叫花不是花，火藥肚裏藏，五顏六色光，綻放在天上。**

「煙花！」小白鼠高興得就像要蹦到天上。

兩隻小老鼠較着勁，你一個，我一個地猜着燈謎，誰也不認輸。現在兩隻小老鼠的比分是九十九比九十九！

誰先猜出第一百個燈謎，誰就能成為冠軍！

小白鼠和小花鼠發現，一位老爺爺手裏提着一盞普普通通的圓燈籠，燈籠下也吊着一則燈謎。

他倆不約而同地向老爺爺跑去。

燈謎是這樣的：**兩個月亮手拉手，開開心心一起走。**

「朋！」兩隻小老鼠一起喊了出來！天哪，他們又打了個平手！

「我是冠軍！」小花鼠跳了起來，衝向老鼠婆婆。

「我才是冠軍！」小白鼠也毫不示弱，像一顆上了膛的子彈，跑得飛快。

「孩子，這獎品既不能給你，也不能給他，因為你們並沒有分出勝負。」當他們興沖沖地跑到老鼠婆婆身邊時，沒想到老鼠婆婆竟然這麼說，這真是太令人沮喪了。

老鼠婆婆忽然又笑了，說：「當然，如果你倆肯像兩個月亮一樣手拉着

手 ，我也會考慮把元宵獎品給你們！」

小花鼠和小白鼠望了望大元宵，又看了看對方，遲疑地伸出小手。

兩隻小手握在一起，真暖！又大又軟的元宵一起吃，真甜 ！

動動腦，來猜謎

看了小花鼠和小白鼠的故事，你也一定能想起元宵節和家人、朋友一起猜燈謎的歡樂場景吧？這可是從古代就開始流行的元宵節特色活動。每逢農曆正月十五，街頭都要掛起彩燈，燃放煙花，後來有人把謎語寫在紙條上，貼在五光十色的彩燈上供人猜。

謎語是一種有趣的語言遊戲，通常**以隱喻、比喻或雙關語的形式出現**，解謎需要思考和推理能力。謎語可以是**文字謎語**、**邏輯謎語**或**圖像謎語**，它們可以用於娛樂、教育或挑戰思維。謎語的答案通常隱藏在題目的背後，需要仔細觀察和理解，有些謎語可能有多個答案，而也有一些謎語則只有一個正確答案。

謎語是鍛煉大腦和促進思維發展的一種有趣的方式，快和你的家人、朋友一起猜謎語吧！

謎語大闖關

猜謎語好好玩，你也來嘗試猜一猜下面這些謎語吧！

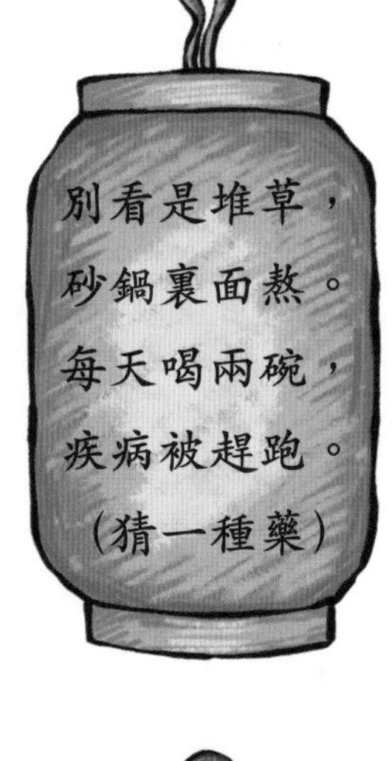

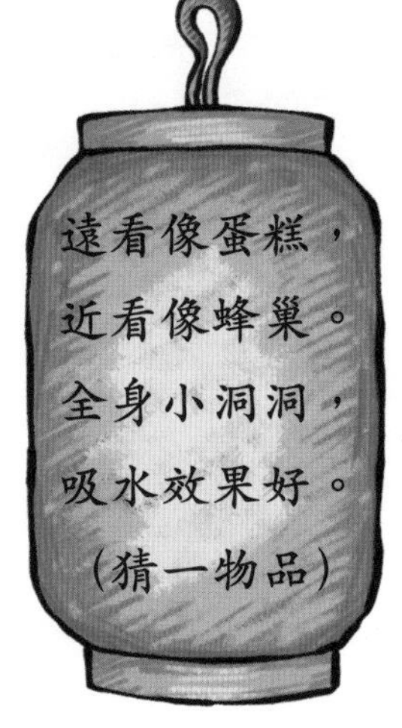

外星人愛學習十一世

（知識點：對聯）

小布丁正捧着一本《對聯大全》看得入迷呢，一個長相奇怪的外星人駕駛着小型飛碟 降落到他家的院子裏。

「我是來自好學星球的愛學習十一世，我喜歡中國文化。」外星人眨巴着綠眼睛說，「只要你把這本書給我看上幾眼，我就能記住裏面的所有內容！」

「這麼厲害啊！」小布丁半信半疑地把書遞給了外星人愛學習十一世。

嘩嘩嘩……愛學習十一世飛快地翻閱完書後，抬起頭來對小布丁說，「現在，我是對對聯高手了，不管你出什麼奇聯、怪聯，我都能對上來！」

那就試試吧。

小布丁翻到其中一頁，唸出了上聯：「**風中綠竹，風翻綠竹竹翻風。**」

外星人的眼睛一閃一閃，他不慌不忙地給出了下聯：「**雪裏白梅，雪映白梅梅映雪。**」

咦？好像還不錯呢！

小布丁繼續出上聯：「**蒲葉桃葉葡萄葉，草本木本。**」

外星人愛學習十一世眨了眨眼睛，對出了下聯：「**梅花桂花玫瑰花，春香秋香。**」

真是對得一個字也不差。再來，再

來吧！

「**水有蟲則濁，水有魚則漁，水水水，江河湖淼淼。**」小布丁

唸出了上聯，接着又説，「這個合字聯你對得上嗎？下聯的每一句都得合成一個字才行。」

外星人一板一眼地回答：「**木之下為本，木之上為末，木木木，松柏樟森森**。」

似乎難不倒他呀，小布丁想：那我出個長一點的上聯吧！

他在書裏找到了這麼一句：「**望江樓，望江流，望江樓下望江流，江樓千古，江流千古。**」

外星人愛學習十一世還是眨眼間就

説出了答案：「**印月井，印月影，印月井中印月影，月井萬年，月影萬年。**」

「哈哈，我只要翻過一遍書，書裏的內容就全都會印在我的腦子裏！」外星人愛學習十一世得意地説。

可是，小布丁還是有點不服氣。等等！他説什麼來着？書裏的內容他能全部記下來，那麼書外的內容呢？小布丁突然想起爺爺説過的關於一家豆芽店的對聯故事。小布丁拿出筆，在紙上寫下了那個故事中的上聯。

「**長長，長長，長長長***。」

外星人愛學習十一世愣住了，他把他的眼睛眨了九百九十九下，好不容易憋出一個下聯：「短短，短短，短短短。」

「哈哈，不對！」小布丁說，「這是一家豆芽店的對聯，上聯是長長，長長，長長長，下聯呢，也是這七個字，唸**長長，長長，長長長***。豆芽店的老闆呀，希望他家的豆芽長得快，生意興隆。」

* 長有不同讀音，上聯的普通話為cháng zhǎng，cháng zhǎng，cháng cháng zhǎng，粵音為「場掌，場掌，場場掌」。

* 下聯的普通話讀音為zhǎng cháng，zhǎng cháng，zhǎng zhǎng cháng，粵音為「掌場，掌場，掌掌場」。

外星人愛學習十一世撓了撓頭，說：「唉，只記牢了書上的東西，不會靈活運用，還是不能成為對對聯高手呀！」

講究工整的對聯

你一定背過這樣一首詩「爆竹聲中一歲除，春風送暖入屠蘇。千門萬戶曈曈日，總把新桃換舊符。」這裏面的「新桃」「舊符」也叫桃符，也就是現在的春聯。春聯是對聯的一種，對聯是**互為對偶的文句，由上聯和下聯組成**，一般張貼、懸掛或鐫刻在門、廳堂及柱子上。

對聯講究對仗工整貼切，上聯最後一個字必須為仄聲*，下聯最後一個字必須為平聲。根據位置和性質的不同，對聯可以分為門聯、楹聯、壽聯、挽聯、春聯等。

過年時，家家戶戶都會貼春聯，還會貼上同春聯相配的橫批。那麼對聯的上聯貼哪邊，下聯貼哪邊呢？要看橫批如何書寫。如果橫批是從右向左書寫，上聯就應該貼在右邊，反之上聯應該貼在左邊。

* 平仄：漢語分平、上、去、入四聲。平即平聲，仄則包括上、去、入三聲。平聲指平坦悠長、不升不降的聲調。仄聲則指不平的聲調，如上聲強而有力，去聲沉重下降，入聲急促。平聲可拉長讀而字音不改（如天、時、多）；仄聲較短，不可拉長讀，強行拉長則字音改變（如左、賣、木等）。對照普通話，平聲對應的聲調為第一、二聲，仄聲對應的為第三、四聲。

貼春聯

今天是除夕，妞妞的爸爸寫好了一副對聯，請你按照貼對聯的正確方式，把它貼到妞妞家的門口（填在下圖的相應位置上）吧！

上聯：綠竹別其三分景

下聯：紅梅正報萬家春

橫批：春回大地

小書蟲的大口袋

（知識點：名人名言）

這天清晨，天剛蒙蒙亮，小書蟲就背着一個大口袋出了門。

小公雞剛剛打完鳴，遇上了背着口袋的小書蟲。

「小書蟲，你怎麼起這麼早？」

小書蟲沒有回答，打開口袋翻了半天，才說出了這麼一句話：「梁元帝蕭繹曾說『**一年之計在於春，一日之計在於晨**』。所以，我要早起。」

「真棒，你真是一隻又勤奮又有學問的小書蟲。」小公雞對他誇讚道。

小書蟲在他的口袋裏翻了翻，然後說：「中國橋樑專家茅以升說過『**勤奮就是成功之母**』。」

小書蟲又翻了翻口袋，繼續說：「著名的科學家達爾文也說過『**如果說我有什麼功績的話，那不是我有才能的結果，而是勤奮有毅力的結果**』。」

小公雞算是明白了，小書蟲的大口袋裏裝着各種各樣的名人名言。

「這真是個寶藏口袋呀！」小公雞說。

聽到小公雞的誇獎，小書蟲可得意了。他背着大口袋繼續昂首挺胸地走在路上。

小鴨子見了他，好奇地問他：「小書蟲，你這是要上哪兒去呀？」

小書蟲剛開始也不說話，打開口袋，翻了半天，翻出兩句話來，才張開嘴巴，說：「我在為我的理想而努力。諸葛亮曾經說過『**志當存高遠**』，蘇格拉底*也說過『**世界上最快樂的事，莫過於為理想而奮鬥**』，他們說的話都非常有道理。」

* 蘇格拉底（Socrates，公元前470-前399年）古希臘哲學家，希臘三哲人之一。

「那你的理想是什麼？」

小書蟲又低頭翻了翻 他的大口袋，說：「我的理想，當然是當一名有學問的大書蟲啦！歌德*曾經說過『**讀一本好書，就是和許多高尚的人談話**』，高爾基*也曾經說過『**書籍是人類進步的階梯**』。」

「小書蟲，你現在說話好有學問。」小鴨子羨慕 地說，「這口袋太有用了。」

* 歌德（Johann Wolfgang von Goethe）（1749-1832），德國詩人，也是劇作家、思想家、科學家。重要作品有自傳性作品《詩與真》、長篇小說《愛的親和力》等。
* 瑪克西姆·高爾基（Maxim Gorky）（1868-1936），蘇俄文學奠基人，五次諾貝爾文學獎提名獲得者。

小書蟲背着大口袋在街上走來走去，真是出盡了風頭。大家都知道，小書蟲有個裝着學問的大口袋。

這件事呀，被老鼠大盜知道了。到了晚上，他悄悄來到了小書蟲的家，偷走了大口袋。

第二天，小書蟲醒來時，發現大口袋不見了，難過極了。

小公雞發現他的臉色不太對，關心地問道：「小書蟲，你怎麼了？」

小書蟲哭喪着臉說：「沒有大口袋，我都不知道該怎麼說話了！」

小公雞覺得又好氣又好笑：「哎呀，小書蟲呀，那些話不能光放在口袋裏，還要放在心裏呀！我都記住了你說

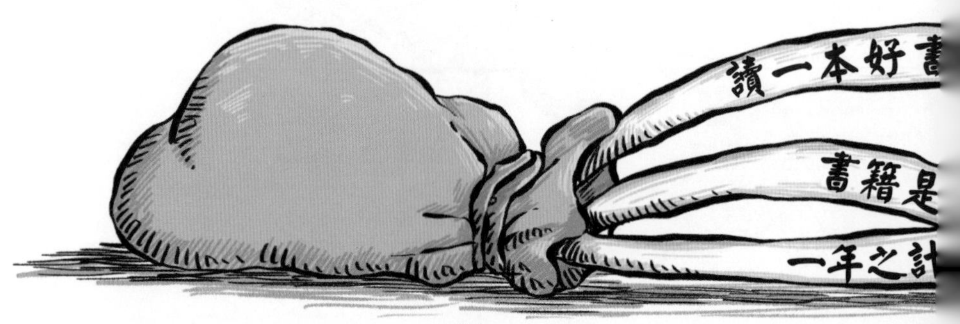

過的，『一年之計在於春，一日之計在於晨』。」

嗯，小書蟲這才高興起來：「對對對！你說得對，有用的話，不能光放在口袋裏，還要放在心裏！我重新去記一記，把它們都放在心裏！」

而老鼠大盜呢，因為偷了別人的東西而鋃鐺入獄，現在還在接受懲罰呢！

善用名人名言說道理

漢語裏有一個詞叫「掉書袋／拋書包」，是用來諷刺那些喜歡引用古書詞句、賣弄才學的人的。故事中的小書蟲也喜歡在書袋裏尋找名人名言，並在講道理時引用，其實也有點賣弄學問的意味。這些名人名言還是要記在腦子裏，活學活用才好呢！

名人名言是歷史上著名人物思想和智慧的結晶，閃爍着動人的光芒，這些名人名言可以激勵我們的學習和生活。當然，名人名言還有一個重要的作用，就是用來**在寫作和談話中闡發道理**，就像小書蟲要講道理，就要引用名人名言，這種引用也可以讓人對你的話產生深刻的印象。

在寫作文的時候，我們也要學着使用名人名言。孔子說：「言之無文，行而不遠。」也就是說寫文章要講究文采，講究美。沒有文采的文章，就難以傳播。能妙引詩詞名句的文章，往往能引起讀者的情感共鳴，也能顯示你的深厚文學功底，這就是小書蟲的大書袋的神奇作用。

1. 送別

當你的好朋友即將遠行，你在送別的時候看到他情緒低落，若你要從下列名詩中選一句來鼓勵他，你會選擇（　　）。

A. 欲窮千里目，更上一層樓。

B. 長風破浪會有時，直掛雲帆濟滄海。

C. 莫愁前路無知己，天下誰人不識君。

D. 海上生明月，天涯共此時。

2. 名人名言對對碰

下面哪兩句名人名言表達的是同一種意思？請你用線把它們連起來吧！

我撲在書上就像飢餓的人撲在麪包上。

科學沒有國界，科學家卻有國界。

少壯不努力，老大徒傷悲。

人離開了書，如同離開空氣一樣不能生活。

國家是大家的，愛國是每個人的本分。

莫等閒，白了少年頭，空悲切。

啦啦鼠和呼呼豬

（知識點：藏頭詩）

啦啦鼠個頭小，呼呼豬個頭大；啦啦鼠吃得少，呼呼豬吃得多；啦啦鼠想當一位詩人，呼呼豬想當一名廚師。他倆看起來有太多的不同，可

這一點也不妨礙他倆成為朋友。

這一天，啦啦鼠在紙上寫了一首詩，笑嘻嘻地遞給呼呼豬：「呼呼豬，快來看我寫的詩。」

呼呼豬拿過來一看，這首詩是這麼寫的：

「這詩看着還挺有詩意的，但我不太理解你具體想表達的是什麼。」呼呼豬看得稀里糊塗的。

「這個呀，叫藏頭詩。你把每一行詩的第一個字唸一唸，就懂了。」啦啦鼠一本正經地說。

「哦，我試試……你——是——天——才！」

「嗯嗯，沒錯，感謝你誇我，我就是天才，哈哈！」啦啦鼠終於忍不住了，捧着肚子，笑倒在沙發上。

「討厭，你真自戀，不准再寫

這種詩了！」呼呼豬漲紅了臉，噘起了嘴巴 。

「好好好，不寫不寫，我再寫一首別的詩。」

啦啦鼠拿起筆，唰唰唰地又寫了一首詩。

「看看這首。」啦啦鼠把詩遞給呼呼豬。

呼呼豬還是看不明白。「這又是什麼意思？」呼呼豬問道。

「你把每一行詩的最後一個字連起來唸唸。」

「我梅（沒）你牆（強）。」呼呼豬唸完之後，三下兩下把紙揉成一團，狠狠地丟在地上，「啦啦鼠，你自戀又自大，我們絕交！」

這回呼呼豬是真生氣了，他砰的一聲關上門，衝出了啦啦鼠家。

哎呀，完了！啦啦鼠覺得自己得給呼呼豬道個歉，所以，他趕緊煎了一些呼呼豬最喜歡吃的蜂蜜餅，放在紙盒裏，擱在呼呼豬家的窗台前。

嗯，再寫一首詩好了。

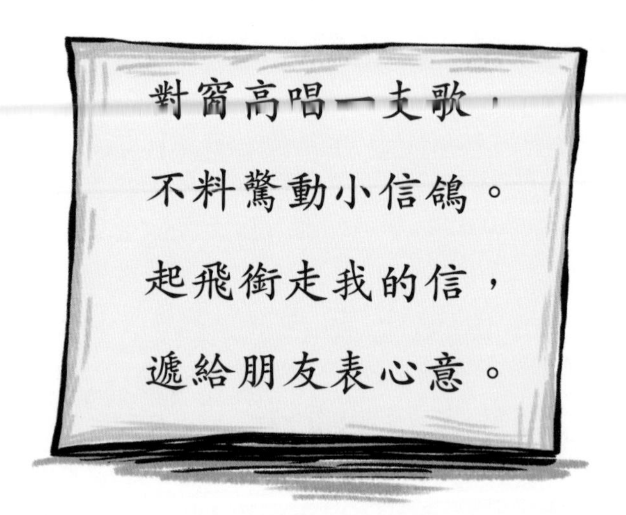

怕呼呼豬不明白自己的意思，啦啦鼠在前三行詩的第一個字下面用蜂蜜點了一個點。

沒多久，收到了蜂蜜餅和詩的呼呼豬跑了出來，對啦啦鼠說：「啦啦鼠，你的詩寫得不錯，我收到你的心意了。不過，你做的蜂蜜餅可不太好吃。要不要我陪你一起，再做一次蜂蜜餅？」

哈哈，啦啦鼠知道，呼呼豬再一次成為自己的好朋友了。

隱藏暗號的詩歌

大家一定覺得藏頭詩很有趣，每句的某一個字連起來讀，可以傳達作者某種特有的思想。藏頭詩屬於雜體詩，在中華詩歌百花園裏，除了常見的詩歌以外，還存在大量的另類詩歌──**雜體詩，具有代表性的有回環（文）詩、寶塔詩、字謎詩、藏頭詩、打油詩等四十多種**。和我們常見的詩歌不同，雜體詩都帶着一些遊戲色彩，但也表達了作者的所見所思所感，並具有一定的思想性和藝術性，所以深受人們的喜愛，流傳至今。

1. 生日祝福

呼呼豬的生日就要到了，啦啦鼠給他準備了一份生日禮物，同時還想寫一首藏頭詩，來祝呼呼豬生日快樂。快來幫幫啦啦鼠，以「生日快樂」寫一首藏頭詩吧！

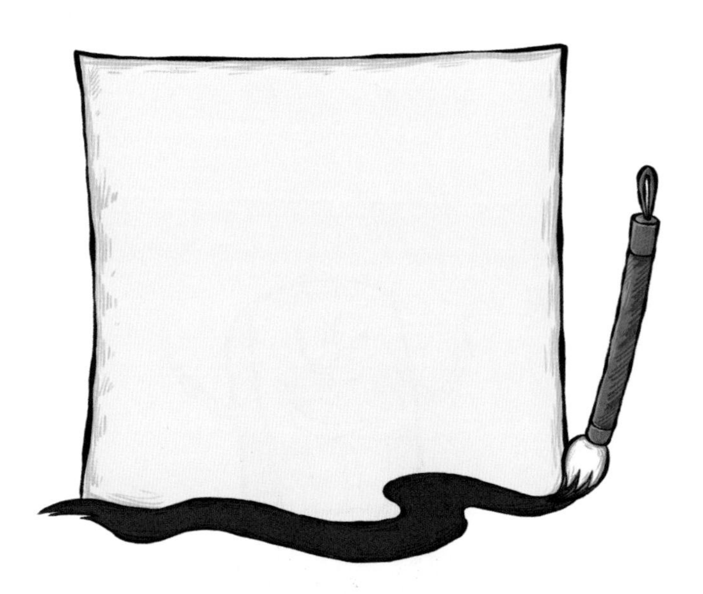

2. 破解密碼

啦啦鼠每天都要玩呼呼豬的電腦，為了讓啦啦鼠少玩電腦，保護眼睛，呼呼豬給電腦設置了密碼，並且在電腦旁貼了一張紙作為提示。紙上寫着「四季平安、八方來財、三陽開泰、一帆風順、五穀豐登、八仙過海」，還寫着「密碼六位數」。

擅長藏頭詩的啦啦鼠一看就猜到了電腦的密碼，你能猜到呼呼豬設置的密碼是什麼嗎？

淘氣的橡皮人

（知識點：留言條）

橡皮人的職責是吃掉錯別字。可是，橡皮人小淘卻總想着吃點正確的字嘗一嘗。別的橡皮人都害怕地告誡他：「吃了正確的字，會嗓子痛、肚子痛……」可他還是想嘗一嘗正確的字。

小淘偷偷地吃起了主人小林作業本上的字：蘋果、西瓜、香蕉、菠蘿、櫻桃……啊嗚，啊嗚。

當吃到「櫻桃」這個詞時，他感覺嘴巴裏酸酸甜甜的，真好吃啊！而且，小淘根本沒有像他們說的那樣嗓子痛、肚子痛！

從此，小淘就有點管不住自己的嘴了：「我是橡皮人，我什麼字都能吃！」

小林的媽媽生病了，小林的爸爸

向張老師請了假，接小林去醫院看望媽媽。小林也寫了張留言條，放在了自己的桌子上，讓張老師看。

尊敬的張老師：

我媽媽生病了，我去醫院看望她，爸爸已經為我請了假，明天我會正常上學，明天見。

小林

5月10日

結果，小淘偷偷吃了留言條上的字。

小淘呢，把留言條上的「病」字吃掉了，害得張老師以為小林的媽媽生了小寶寶，趕緊打電話祝福她。

小林被爸爸狠狠地數落了一通，說他淨添亂。又因為張老師說小林的作業本呀，試卷呀，經常丟字、丟詞，小林現在太馬虎了，爸爸還命令小林在家寫檢討，必須寫，立刻就寫！

小林特別委屈，也特別生氣！

小林唰唰地寫下了另一張留言條。

爸爸：

　　我沒有錯，但您不聽我解釋，我很生氣！我要去外婆家！再也不回來啦！

小林

5月10日

　　小林把留言條塞進爸爸的外套口袋裏，真準備拿上行李去外婆家了！

　　橡皮人小淘這才知道，自己偷吃正確的字，闖出了天大的禍。

　　怎麼辦？這該怎麼辦？小淘急得團

團轉！

正當小淘發愁的時候，家裏的電話響了起來，小林接了電話，眼淚流了下來。

因為爸爸在電話裏向小林道了歉，說自己心情不好，對小林亂發了脾氣，是他的不對。

小林打開自己的錢罌，拿了好些零錢，匆匆忙忙地出了門。現在，他不打算去外婆家了，他決定去買一束鮮花，到醫院去看望媽媽。

晚上，小林跟爸爸一起親親熱熱地

回了家。

小林這才想起來，自己還寫了張留言條，放進了爸爸的口袋裏呢！

不過，當爸爸掏出留言條時，小林發現留言條的內容又變了樣。

爸爸：

我沒有錯，請您聽我解釋，我很委屈。這是橡皮人的惡作劇，但他已經知道錯了，再也不會犯了。不管遇到什麼事，我永遠愛您。

小林

5月10日

原來，橡皮人小淘是在鉛筆人的幫助下，修改了這張留言條。

之前的事是橡皮人的錯呀！小林和爸爸得知了事情的真相後，原諒了他。

現在的小淘呀，吃了太多的字，撐得都消化不良了。哎喲，他覺得自己真的開始嗓子痛、肚子痛了。

請留下你的訊息

留言條和請假條是在生活、學習、工作中為處理實際事務而寫作的文體，多用於熟悉的家人、朋友和老師，實用性強，從格式上來看就像是一種簡單的書信。

有事拜訪同學，或到親友、朋友家去看望，對方湊巧不在家時，自己又不能久等，這時就可以寫張條子，**說明來意，或約定下次見面的時間、地點**。這種留下話的條子就叫**留言條**。留言條的格式與書信基本相同，分稱呼、正文、署名和日期。稱呼要頂格寫，表示對對方的尊重。正文要空兩格寫在稱呼的下面，用最簡單的文字寫清想表達的內容。正文下一行的最右邊寫上自己的姓名，姓名的下一行寫上日期。

請假條是指**因故需要請假，寫給有關當事人的便條**。請假條主要說明請假的原因和時間。請假的原因、理由必須充分。請假條的格式與留言條類似。

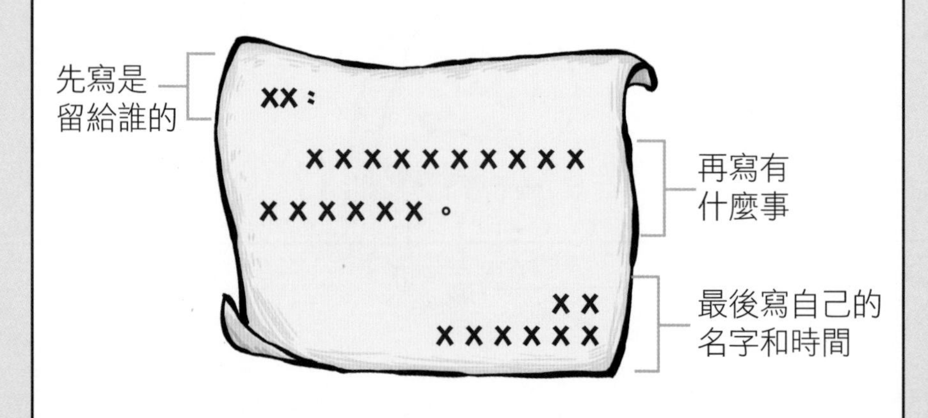

試寫留言條

7 月 20 日這天，放暑假的小花獨自在家。這時候，同學小英來找她，想約她一起到社區圖書館看書。她要給媽媽寫一張留言條，說明去向，還要說好中午回家吃飯。請你根據上面的寫作提示，幫小花完成這張留言條吧。

參考答案

P. 13

句子小醫生

隨手亂丟垃圾是一種不文明的習慣。

我喜歡踢足球、打乒乓球、游泳等體育運動。

同學們排着整齊的隊伍進了展覽館。

下課的時候，丁一一第一個衝了出去。

氣象小組的同學每天早上都收聽並記錄當天的天氣預報。

我要參加街舞大賽。

P. 23

補充信箋

青瓜國王；千年古樹下；下棋聊天；七天後

P. 33

給句子看病

①重複的詞是：目不轉睛、凝視

句子改為：王秋華凝視着一朵剛開的牡丹。

②重複的詞是：聚精會神、專心致志

句子改為：小明聚精會神地聽老師講課。

P.43

齊來寫一寫

活潑可愛的小黑貓在一個放着紙箱的角落裏玩着黃色的小球。

P. 53

我是小守衛

1（2）；2（1）；3（1）；4（3）

P. 63

略

P. 73

歇後語大闖關

第一關：各顯神通

第二關：盡是輸（書）；場場輸

第三關：禮輕情意重

P. 83

謎語大闖關

荷花；中藥；冰糖葫蘆；海綿

P. 93

貼春聯

P. 103

送別

C

名人名言對對碰

我撲在書上就像飢餓的人撲在麪包上。

科學沒有國界，科學家卻有國界。

少壯不努力，老大徒傷悲。

人離開了書，如同離開空氣一樣不能生活。

國家是大家的，愛國是每個人的本分。

莫等閒，白了少年頭，空悲切。

P. 113

生日祝福

生活在一起，
日夜總相依。
快要到佳期，
樂到笑瞇瞇。

破解密碼

483158

P. 123

補寫留言條

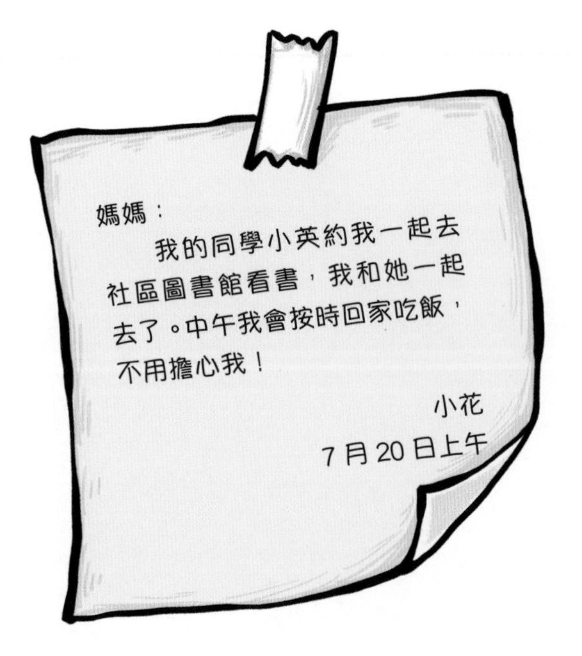
媽媽：
我的同學小英約我一起去社區圖書館看書，我和她一起去了。中午我會按時回家吃飯，不用擔心我！
小花
7 月 20 日上午

童話大語文

句子篇（下）句式的應用

原 書 名：《童話大語文：句子生病了》
作　　者：陳夢敏
繪　　者：冉少丹
責任編輯：林可欣
美術設計：劉麗萍
出　　版：新雅文化事業有限公司
香港英皇道 499 號北角工業大廈 18 樓
電話：（852）2138 7998
傳真：（852）2597 4003
網址：http://www.sunya.com.hk
電郵：marketing@sunya.com.hk
發　　行：香港聯合書刊物流有限公司
香港荃灣德士古道220-248號荃灣工業中心16樓
電話：（852）2150 2100
傳真：（852）2407 3062
電郵：info@suplogistics.com.hk
印　　刷：中華商務彩色印刷有限公司
香港新界大埔汀麗路 36 號
版　　次：二〇二四年六月初版

ISBN: 978-962-08-8388-0

18/F, North Point Industrial Building, 499 King's Road, Hong Kong
Published in Hong Kong SAR, China
Printed in China